Du CM1
au CM2

LES LÉGENDAIRES

Petites énigmes extraordinaires

Activités conçues par
Aurore Meyer

LAROUSSE

Direction de la publication : Carine Girac-Marinier

Direction éditoriale : Julie Pelpel-Moulian

Édition : Célia Reynaud, Olympe Richez

Correction : Audrey Peuportier

Direction artistique : Uli Meindl

Mise en pages : SKGD-Création

Fabrication : Ombeline Canaud

Illustrations : ***Les Légendaires,*** volumes 1 à 23, de **Patrick Sobral**

ISBN : 978-2-03-600374-3

Achevé d'imprimer en Espagne par EGEDSA.

Dépôt légal : février 2021 - 327642/01

N° de projet : 11046082 - avril 2021

LES LÉGENDAIRES

INTRÉPIDES, ILS ÉTAIENT LES CINQ JUSTICIERS LÉGENDAIRES, PROTECTEURS DU MONDE D'ALYSIA. RIEN NE POUVAIT LES ARRÊTER ! SANS RELÂCHE, ILS COMBATTAIENT LE SORCIER NOIR DARKHELL ET CONTRECARRAIENT SES PLANS VISANT À S'EMPARER DU MONDE.

MALHEUREUSEMENT, PENDANT LEUR DERNIER AFFRONTEMENT CONTRE LE SORCIER, LES LÉGENDAIRES ONT FAIT UNE ERREUR, ET LA PIERRE DE JOVÉNIA A ÉTÉ BRISÉE ! TOUS LES HABITANTS DU MONDE D'ALYSIA SONT REDEVENUS DES ENFANTS.

DEVENUS DES PARIAS, LES LÉGENDAIRES SE SONT SÉPARÉS. MAIS DANAËL, LEUR CHEF, A ENTENDU PARLER D'UN MOYEN DE RAMENER L'ÉQUILIBRE… LES LÉGENDAIRES VONT DEVOIR REFORMER LEUR ÉQUIPE POUR SE FAIRE PARDONNER. PAS FACILE QUAND ON NE MESURE QU'1 M 30 !

MAIS DANAËL, JADINA, RAZZIA, SHIMY ET GRYF ONT PLUS D'UN TOUR DANS LEUR SAC !

CAR, APRÈS TOUT, HÉROS UN JOUR…

Sommaire

Sommaire par compétence

MATHS

FRANÇAIS

LES LÉGENDAIRES

DANAËL EST LE LEADER DES LÉGENDAIRES. D'UNE GRANDE NOBLESSE D'ESPRIT, CE CHEVALIER DU ROYAUME S'EST FIXÉ POUR BUT DE COMBATTRE L'INJUSTICE PARTOUT DANS LE MONDE D'ALYSIA.

DANAËL

GRYF EST LE MEILLEUR AMI DE DANAËL ET LE PLUS COURAGEUX DES LÉGENDAIRES. MAIS SON COURAGE S'ACCOMPAGNE D'UN CARACTÈRE IMPULSIF QUI LUI ATTIRE SOUVENT DES ENNUIS.

GRYF

JADINA EST PRINCESSE ET MAGICIENNE. CEST UNE ENFANT GÂTÉE PARFOIS INSUPPORTABLE, MAIS D'UNE GRANDE INTELLIGENCE ET D'UN GRAND COEUR.

JADINA

RAZZIA

RAZZIA EST LE PLUS FORT DES LÉGENDAIRES. SA JOVIALITÉ LUI PERMET DE SURMONTER SES COMPLEXES ET IL RÉPOND TOUJOURS PRÉSENT LORSQUE SES AMIS ONT BESOIN DE LUI.

SHIMY EST UNE ELFE ÉLÉMENTAIRE, ELLE PEUT FUSIONNER AVEC LE FEU, L'EAU ET LA TERRE, D'OÙ ELLE TIRE SES POUVOIRS. ELLE MONTRE TRÈS PEU SES SENTIMENTS.

SHIMY

Danaël et le mystère de la fiole

Danaël et le mystère de la fiole

Gondolf est un brillant scientifique qui aurait trouvé une potion capable de renverser l'effet Jovénia. Ce serait fabuleux ! Tous les peuples pourraient retrouver leur apparence normale ! Malheureusement, El Diablo, le plus grand voleur du monde d'Alysia, a ajouté une substance à la recette de Gondolf et, désormais, la potion pourrait transformer les hommes en femmes et les femmes en hommes. Danaël doit l'arrêter à tout prix avant qu'il n'en fasse mauvais usage ! Pour l'instant, il est dans une grotte toute sombre...

BIEN QUE VAILLANT, DANAËL VA SÛREMENT AVOIR BESOIN DE TON AIDE. ALORS SUIS-LE ET TENTE DE RÉSOUDRE LE MYSTÈRE... TU SERAS COMME SON PETIT ANGE GARDIEN !

L'ascension

ÉNIGME 1

Pour commencer, Danaël doit absolument sortir de cet endroit effrayant. S'il reste une minute de plus, il pourrait lui arriver des bricoles !

Aide Danaël à sortir du trou en traçant les barreaux parfaitement parallèles entre eux. N'oublie pas d'utiliser ton équerre.

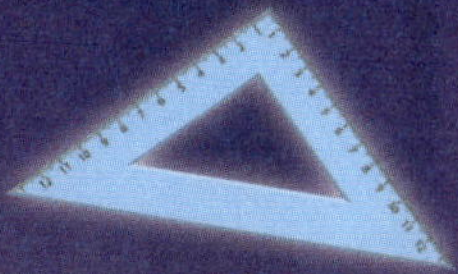

Quand deux droites se coupent à angle droit, elles sont…

Indice 1 : _ _ _ _ _ _ _ _ _ _ _ _ _ _ _ _ .

Les énigmes

ÉNIGME 1

Ouf ! Danaël se retrouve enfin à l'air libre. Il se gratte la tête et semble avoir des visions. Oh, oh, Skroa, le dernier des Galinas, des démons hommes-oiseaux, lui barre la route ! On dirait qu'il a envie de faire échouer Danaël dans sa mission.

Réponds aux énigmes posées par Skroa pour qu'il le laisse passer.

Écris le deuxième résultat que tu as trouvé en lettres.

Indice 2 : _ _ _ _-_ _ _ _ _ _-_ _ _ _ .

Le bon chemin

ÉNIGME 1

Bravo, les Galinas ont décidé de laisser passer Danaël ! Danaël a aperçu El Diablo au loin, mais il ne sait pas quel chemin emprunter pour le rejoindre rapidement !

Complète chaque opération à trous pour trouver l'indice qui te mènera sur le bon chemin.

Le bon chemin est celui où tu as complété le nombre en jaune. Quel est ce nombre ?
Indice 3 : __ __ .

La course-poursuite

ÉNIGME 1

Ça y est, Danaël a enfin mis la main sur El Diablo. Il lui demande gentiment de coopérer, mais la tâche ne paraît pas si simple… El Diablo ne compte pas se laisser faire et une course-poursuite s'engage !

Aide Danaël à rattraper El Diablo en réalisant cette suite de calculs à partir de la case 37.

37 – -12 – +9 – X2 – +10 – -8 – :7 – X13 – X3 – :10 – -9 – X8 – :2 – X5 – +309 – +90

Quel nombre final as-tu trouvé ?
Indice 4 : _ _ _ .

La recette mystère

ÉNIGME 1

Danaël a rattrapé El Diablo, bravo ! Il est à deux doigts de récupérer la fiole pour la mettre en lieu sûr.

Aide-le à transformer les ingrédients de la recette mystérieuse d'El Diablo en utilisant le féminin.

UN VIEUX CHEVEU
UN ANCIEN ONGLE
DE NOUVEAUX RATS
UN LIQUIDE BLANC
UN NAVET NEUF
UN BÂTON RÉGULIER
DE BEAUX RADIS

UNE V_ _ _ _ _ _ _ MÈCHE

UNE A_ _ _ _ _ _ _ _ _ PEAU

DE N_ _ _ _ _ _ _ _ _ _ SOURIS

UNE COLLE B_ _ _ _ _ _ _

UNE POMME N_ _ _ _

UNE CORDE R_ _ _ _ _ _ _ _ _ _

DE B_ _ _ _ _ _ _ POIRES

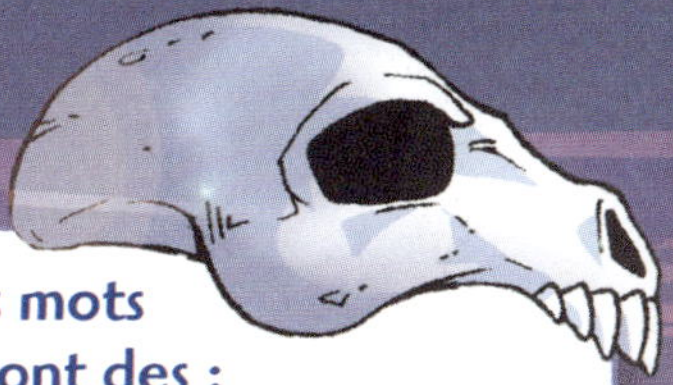

Quelle est la nature des mots que tu as complétés ? Ce sont des :
Indice 5 : _ _ _ _ _ _ _ _ _ _ _ _ .

La formule magique

ÉNIGME 1

Bravo d'être arrivé(e) jusque-là ! Tu sembles être digne de faire partie des Légendaires ! Mais avant de crier victoire, il te faut réunir tes indices...

Complète les indices, tu sauras alors quel mot magique prononcer pour annuler les effets de la potion.

Indice 1

3E LETTRE DANS L'ALPHABET AVANT LA 1RE LETTRE DE L'INDICE

Indice 2

2E LETTRE DANS L'ALPHABET AVANT LA 1RE LETTRE DE L'INDICE

Indice 3

QUAND TU RÉCITES L'ALPHABET, LA LETTRE CORRESPONDANT AU 1ER CHIFFRE DE L'INDICE

Indice 4

QUAND TU RÉCITES L'ALPHABET, LA LETTRE CORRESPONDANT AU 1ER CHIFFRE DE L'INDICE

Indice 5

LA 4E LETTRE DE L'INDICE

LA FORMULE MAGIQUE EST :

— — — — — .

Merci pour ton aide, mais tes aventures sont loin d'être terminées !

Jadina et le mystère de Luzaria

Jadina et le mystère de Luzaria

Aujourd'hui, Jadina s'entraîne parce que ces derniers temps, elle a du mal à contrôler ses pouvoirs magiques. Celui qui lui donne du fil à retordre, c'est « Luzaria » ! Ce pouvoir permet habituellement d'émettre de la lumière, mais à chaque fois que Jadina veut l'utiliser, il plonge son environnement dans l'obscurité la plus totale. L'effet est complètement inversé ! Jadina doit partir seule à la recherche du Professeur Vangelis. Lui seul pourra l'aider à résoudre son problème...

JADINA EST POUR L'INSTANT TOUJOURS EN COMPAGNIE DES LÉGENDAIRES, MAIS ELLE DOIT PARTIR SEULE POUR CETTE MISSION...

Les niveaux de langue

ÉNIGME 2

Avant de partir, Shimy et Jadina discutent. Shimy a pour habitude d'employer un langage familier lorsqu'elle s'adresse à ses amis. Chez Jadina, c'est plutôt le langage courant.

Complète chaque mot par un équivalent en langage familier chez Shimy et un équivalent en langage courant chez Jadina.

GROUILLE-TOI, JE DOIS PARTIR ! TU ME C _ _ _ _ _ L _ _ P _ _ _ _ ! ON DIRAIT QUE TU AS LA T _ _ _ _ _ _ _ _. TU NE PIGES RIEN. DONNE-MOI TA MIMINE. TES GODASSES SONT TOUTES SALES. ARRÊTE DE RACONTER DES BOBARDS.

DÉPÊCHE-TOI, JE DOIS PARTIR ! TU M'ENNUIES ! ON DIRAIT QUE TU AS PEUR. TU NE C _ _ _ _ _ _ _ _ _ RIEN. DONNE-MOI TA M _ _ _. TES C _ _ _ _ _ _ _ _ _ _ SONT TOUTES SALES. ARRÊTE DE RACONTER DES M _ _ _ _ _ _ _ _ _.

Combien existe-t-il de niveaux de langue ?
Indice 1 : _ .

Les monstres

ÉNIGME 2

Jadina peut enfin prendre la route tranquillement. Elle se dirige vers la contrée de Klafooty et en chemin, elle fait face à des monstres et démons. Chacun pèse un certain poids, mais seul le plus lourd, le plus respecté, peut décider qu'on la laisse passer sans lui faire de mal.

Trouve le monstre qui pèse le plus lourd.

1 789 – 56
= .... kg

2 354 – 956
= .... kg

4 580 – 2 467
= .... kg

3 465 – 2 002
= .... kg

2 234 – 870
= .... kg

6 579 – 5 432
= .... kg

Combien pèse le monstre qui va laisser passer Jadina ?
Indice 2 : _ _ _ _ kg.

Le nombre magique

ÉNIGME 2

Ce monstre est complètement fou ! Il menace d'enfermer Jadina dans sa grotte à tout jamais si elle n'est pas capable de résoudre son carré magique.

Aide Jadina à compléter le tableau sachant que la somme des nombres de chaque ligne, de chaque colonne et des diagonales est la même : c'est le nombre magique.

	29	38	
35		2	44
	32	47	
41		11	26

Quel est le nombre magique ?

Indice 3 : __ __ .

La tour

ÉNIGME 2

Jadina a réussi ! Le monstre lui a même révélé que le Professeur Vangelis avait été aperçu près d'ici, alors qu'il menait une expédition dans d'anciennes tours. Jadina s'y rend aussitôt.

Aide Jadina à trouver la tour où s'est rendu le Professeur Vangelis. Son périmètre est de 38.

Dans quelle tour Jadina doit-elle se rendre ?

Indice 4 : la tour n° __ .

Le grand mage bleu

ÉNIGME 2

Jadina a enfin trouvé le grand mage bleu qui va certainement pouvoir lui apporter son aide. Elle touche du doigt son objectif !

Conjugue les verbes en rouge à l'imparfait pour comprendre ce que le grand mage veut lui dire.

MA CHÈRE JADINA,
JE (SAVOIR) .... QUE
TU PARVIENDRAIS JUSQU'À MOI.
JE (JETER) .... CE SORT
AUX MEILLEURS ELFES POUR VOIR
DE QUOI ILS (ÊTRE) ....
CAPABLES. TU (DEVENIR)
.... FOLLE À FORCE
DE NE PAS RÉUSSIR À FAIRE
FONCTIONNER LUZARIA.
TU (TOURNER) ....
EN ROND À FORCE DE NE PAS
TROUVER DE SOLUTION. TES AMIS
(ÊTRE) .... PATIENTS MAIS
(VOIR) .... BIEN QUE ÇA
N'(ALLER) .... PAS. SHIMY
TE (CRIER) .... DESSUS
MAIS RASSURE-TOI, JE VAIS
T'AIDER, MAINTENANT !

L'imparfait est un temps du :
1) présent ; 2) passé ; 3) futur.
Indice 5 : __ .

Le pouvoir magique

ÉNIGME 2

Félicitations, grâce à toi, Jadina va retrouver pleine possession de ses pouvoirs. Mais avant de crier victoire, il te faut réunir tes indices…

Complète les indices, tu connaîtras alors le code pour réenclencher le pouvoir magique de Jadina !

Indice 1

L'INDICE

Indice 2

LE CHIFFRE DES DIZAINES DE L'INDICE

Indice 3

LE CHIFFRE DES UNITÉS DE L'INDICE

Indice 4

L'INDICE

Indice 5

LE DOUBLE DE L'INDICE

LE CODE MAGIQUE EST :

_ _ _ _ _ .

Merci pour ton aide. Tes aventures ne font que commencer !

Gryf contre les entraîneurs de monslaves

Gryf contre les entraîneurs de monslaves

Le seigneur Menthos est un dresseur de monslaves reconnu. En entraînant les Jaguarians comme des bêtes sauvages, il réussit à emmagasiner une fortune colossale. Mais il ne compte pas s'arrêter en si bon chemin. Son but ultime est de remettre la main au plus vite sur son meilleur combattant : Gryfenfer.

GRYF POURRA-T-IL Y ÉCHAPPER ? TU LE SAURAS EN TOURNANT CES PAGES...

Les proportions

ÉNIGME 3

Pour l'instant, Gryf rend visite à son frère, à Jaguarys et ne se doute absolument de rien. Il s'apprête à s'acheter quelques denrées alimentaires…

Complète ce tableau de proportionnalité. Les cases jaunes correspondent au nombre de denrés.

	1	2	5	10
KEBAB AU GIRAWA	2 KISHUS	4 KISHUS	10 KISHUS	20 KISHUS
PACK DE BOUTEILLES DE RICOLES	500 KISHUS	1000 KISHUS	2500 KISHUS	5000 KISHUS
SACHET DE BONBONS CHARIBO	10 KISHUS	20 KISHUS	50 KISHUS	100 KISHUS

Quel est le plus grand nombre du tableau ?
Indice 1 : 5000.

Le souvenir

ÉNIGME 3

Il y a bien longtemps, Gryf était l'esclave d'un dresseur de monslaves. Mais il a réussi à s'enfuir. C'est le seul souvenir qu'il lui reste de cette époque.

Retranscris les pensées de Gryf au passé composé.

(JE SUIS) J'AI ÉTÉ UN ESCLAVE.
(J'ARRIVE) Je suis arrivé DANS L'ARÈNE ET
(JE TROUVE) J'ai trouvé ÇA DIFFICILE.
(NOUS ALLONS) nous sommes allés NOUS
ENTRAÎNER TOUS LES JOURS, DUREMENT.
LES DRESSEURS (GAGNENT) ont gagné
LEURS PARIS. (ILS VOIENT) Ils ont vu
NOTRE SOUFFRANCE. (JE PRENDS) J'ai pris
MON COURAGE À DEUX MAINS.
(JE RÉUSSIS) J'ai réussi
À M'ENFUIR !

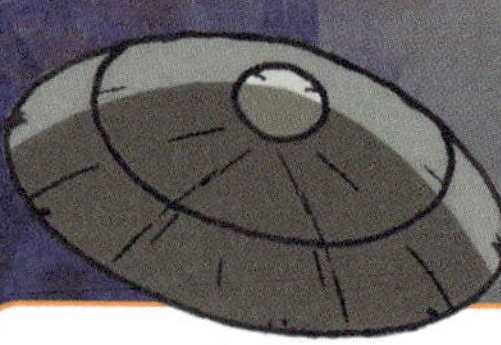

Le passé composé se forme avec un auxiliaire et le participe passé du verbe. Combien existe-t-il d'auxiliaires ?
Indice 2 : 2.

Les dresseurs de monslaves

ÉNIGME 3

Les souvenirs lui reviennent peu à peu... En fuite et assoiffé, Gryfenfer a volé une coupe au village et s'est fait repérer par les dresseurs de monslaves ! Chaque éleveur possède un troupeau de monslaves plus ou moins grand, mais tous veulent l'agrandir.

Calcule combien chaque éleveur a dû dépenser pour équiper ses monslaves sachant qu'une arme de monslave vaut 8 123 kishus, quelle qu'elle soit.

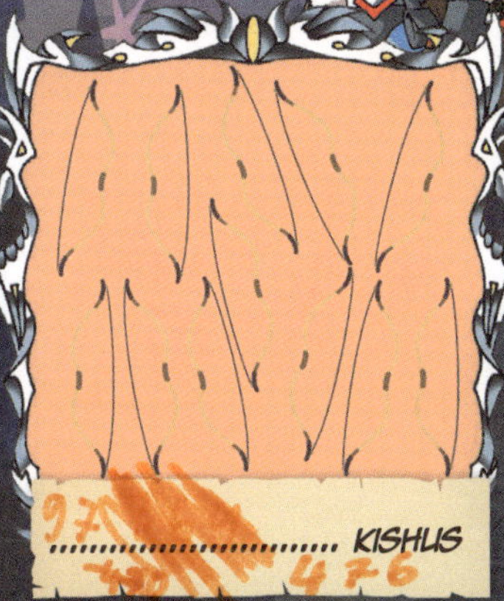

Écris le nombre 8 123 en lettres.

Indice 3 : huit-mille-cent-vingt-trois.

À la poursuite de Gryfenfer

ÉNIGME 3

Une course-poursuite entre les dresseurs de monslaves et Gryfenfer s'engage !

▶ **Convertis les longueurs en mètres pour savoir qui a parcouru la plus grande distance.**

GRYF :
1 200 mm = 1,2 m

ÉLEVEUR 1 :
6 500 cm = 65 m

ÉLEVEUR 2 :
70 dm = 7 m

ÉLEVEUR 3 :
1 km = 1000 m

ÉLEVEUR 4 :
37 dam = 370 m

Quelle est la plus grande distance parcourue en mètres ?

Indice 4 : _ _ _ _ .

Les jumeaux

ÉNIGME 3

Aïe ! Gryf a été capturé ! Mais le roi Wis-Kas, souverain des Jaguarians, ne peut pas laisser Gryf aux mains des dresseurs de monslaves. Il décide d'envoyer le jumeau de Gryf, Kel-Cha, à sa rescousse.

Kel-Cha et Gryf sont jumeaux et disent la même chose, mais différemment. Trouve à chaque fois un synonyme.

Trouve un synonyme du mot familier « bouquiner ».
Indice 5 : LIRE.

Le code secret

ÉNIGME 3

Ouf, Kel-Cha a porté secours à Gryf ! Notre Légendaire devra tout de même ouvrir l'œil, et le bon, pour ne pas retomber dans un piège !

Complète les indices pour connaître le code secret qui permet d'enfermer le seigneur Menthos et l'empêcher de nuire.

Indice 1

LE 1ER CHIFFRE DE L'INDICE

1

Indice 2

LE TRIPLE DE L'INDICE

6

Indice 3

LA POSITION DE LA 1RE LETTRE DE L'INDICE QUAND TU RÉCITES L'ALPHABET

C

Indice 4

LE 1ER CHIFFRE DE L'INDICE

1

Indice 5

LA POSITION DE LA 2^{E} LETTRE DE L'INDICE QUAND TU RÉCITES L'ALPHABET

LE CODE SECRET EST :

_ _ _ _ _ .

Cette fois, Gryf peut repartir sereinement vers d'autres aventures légendaires !

Shimy et la quête de la clé elfique

Shimy et la quête de la clé elfique

Shimy a égaré sa clé elfique ! Les clés elfiques sont des talismans magiques assez rares qui permettent de voyager entre Alysia et Astria. Évidemment, Shimy ne peut pas s'en passer ! Mais où la clé a-t-elle bien pu tomber ? Une personne malintentionnée la lui aurait-elle dérobée ?

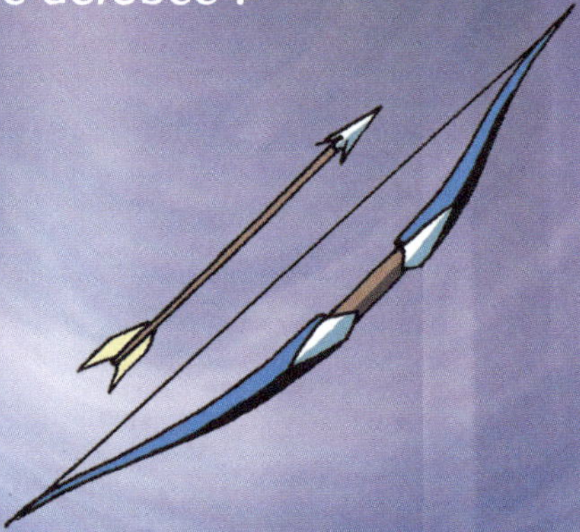

SHIMY DOIT ABSOLUMENT REMONTER LE TEMPS DANS SA TÊTE ET RETOURNER DANS TOUS LES ENDROITS QU'ELLE A FRÉQUENTÉS RÉCEMMENT. ET SI TU L'AIDAIS UN PEU ?

Le grand voyage

ÉNIGME 4

Shimy se souvient être allée près d'un arbre au tronc gigantesque. Elle monte sur Lionfeu, un félinaure, sa monture et son fidèle compagnon. Elle sait que leur voyage va durer 2 h 27.

Calcule l'heure d'arrivée de Shimy et Lionfeu en fonction de leur horaire de départ. N'oublie pas que 1 heure vaut 60 minutes.

HEURE DE DÉPART	TRAJET	HEURE D'ARRIVÉE
8 H 23	→	10 H 50
11 H 12	→	...... H ......
13 H 49	→	...... H ......
16 H 50	→	...... H ......

Complète avec le mot manquant.
Indice 1 : 3 heures = 180 _ _ _ _ _ _ _ .

La plage

ÉNIGME 4

Malheureusement, Shimy n'a rien trouvé au pied de l'arbre... Elle se dirige à présent vers la plage, au bord de l'océan.

Complète les phrases avec a/à, ou/où, et/est.

AUJOURD'HUI, LA MER ....est........ AGITÉE.
LE PÊCHEUR ....a........ ATTRAPÉ UN CRABE
........et........ UNE ÉCREVISSE. MAIS ....Où........
AI-JE MIS CETTE CLÉ ? JE VAIS ALLER VOIR PRÈS
DES ROCHERS ....ou........ AU PIED DES VAGUES.
LES BATEAUX ....à........ VOILES SONT DE SORTIE.

Comment appelle-t-on ces mots qui se prononcent pareil mais ne s'écrivent pas de la même façon ?
Indice 2 : des _ _ _ _ ph _ _ _ _ .

Le plan

ÉNIGME 4

Toujours rien ! Shimy demande à Lionfeu de l'attendre et continue son chemin vers une grande île rocailleuse dans l'espoir de mettre la main sur sa clé.

Complète la forme de l'île par rapport à l'axe de symétrie en rouge.

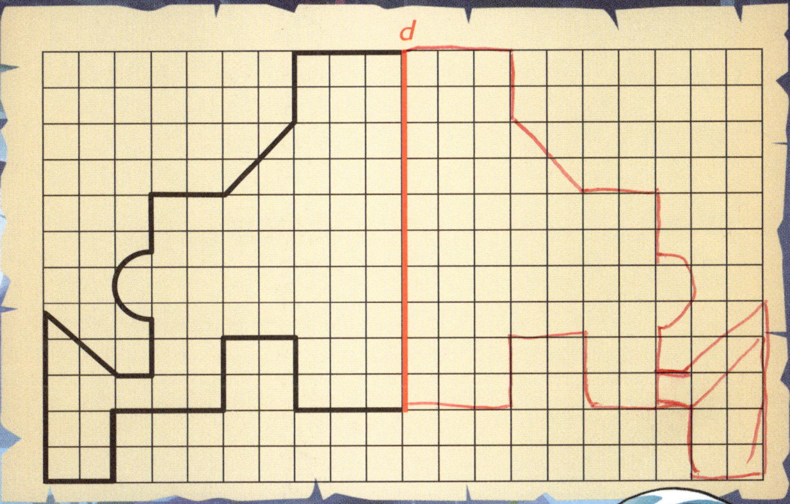

Avec quelle lettre nomme-t-on habituellement l'axe de symétrie d'une figure ?
Indice 3 : __ .

Là-haut

Énigme 4

Shimy se souvient être allée à Karakis, la capitale d'Astria, le royaume elfique. Elle va remonter au sommet de la plus haute tour qu'elle a visitée et peut-être qu'elle y retrouvera son talisman.

Écris les nombres dans l'ordre croissant en partant du bas.

234 567

713 432

214 765

312 654

432 985

471 897

707 675

275 612

Écris le nombre du rez-de-chaussée en lettres.

Indice 4 : _ _ _ _-_ _ _ _-_ _ _ _ _ _ _ _-
_ _ _ _ _-_ _ _ _ _-_ _ _ _-
_ _ _ _ _ _ _ _-_ _ _ _ _ .

Les contraires

ÉNIGME 4

Shimy se souvient avoir rendu visite au roi Kash-Kash. A-t-il voulu jouer à cache-cache avec sa clé justement ?

Remplace chaque mot en violet par son contraire pour connaître toute la vérité.

AH, AH ! MA (RICHE) .... SHIMY, TU M'AS TROUVÉ ! J'AI VOULU M'AMUSER AVEC TOI ET TESTER TES CAPACITÉS DE CONCENTRATION, DE DÉDUCTION ET SURTOUT DE PATIENCE. (MAL) .... JOUÉ, TU AS SU SURMONTER LES PIÈGES ET TU ES PARVENUE (LOIN) .... DE MOI. JE SAIS QUE CE N'ÉTAIT PAS (DIFFICILE) .... ET QUE TU AS DÛ ÊTRE TRÈS (HEUREUSE AVEC) .... TA CLÉ. IL EST TEMPS POUR MOI D'ARRÊTER LA (LÉGÈRE) .... PLAISANTERIE ET DE TE RENDRE CE QUI T'APPARTIENT. TIENS, PRENDS-LA. ELLE EST À TOI !

On peut dire que « bon » et « mauvais » sont des contraires. On les appelle aussi des...
Indice 5 : ant _ _ _ _ _ _ _ .

Le mot magique

ÉNIGME 4

Shimy a retrouvé sa clé elfique. Mais oui, c'était bien le roi Kask-Kash qui l'avait trouvée et qui avait voulu la garder pour plaisanter. Ouf ! Elle doit à présent dire un mot magique qu'elle seule connaît pour la réactiver.

Complète les indices pour trouver le mot magique.

Indice 1

1RE LETTRE DE L'INDICE

Indice 2

2E LETTRE DE L'INDICE

Indice 3

L'INDICE

Indice 4

2E LETTRE DE L'INDICE

Indice 5

DERNIÈRE LETTRE DE L'INDICE

LE MOT MAGIQUE EST :

_ _ _ _ _ .

Quel soulagement ! Shimy peut à nouveau utiliser sa clé elfique !

Razzia perd la tête

Razzia perd la tête

Razzia se retrouve en prison et sent que sa tête lui fait mal. Il a reçu un coup et une énorme bosse trône dans son épaisse chevelure. Mais que fait-il ici ?

QUE S'EST-IL PASSÉ ? RAZZIA A-T-IL COMMIS UN CRIME IRRÉPARABLE ? IL SE CONCENTRE AU MAXIMUM POUR SE REMÉMORER LES BRIBES DE SON PASSÉ…

La prison

ÉNIGME 5

Toutes les cellules de la prison où est enfermé Razzia portent un numéro différent.

Pour connaître le numéro de sa cellule, effectue les divisions : celle dont le résultat est différent des autres te donnera le bon numéro. Entoure-le.

436 : 4 = 109

CAR 400 : 4 = 100 ET 36 : 4 = 9

872 : 8 = ...

981 : 9 = ...

540 : 5 = ...

Dans une division, comment appelle-t-on le résultat ?

Indice 1 : le _ _ _ _ _ _ _ _ t.

La famille

ÉNIGME 5

Si Razzia a bien un souvenir qu'il aime se remémorer chaque fois qu'il ferme l'œil, c'est celui de sa famille. Sa famille de cœur… les Légendaires.

Retrouve le nom, l'adjectif ou le verbe manquant de chaque famille de mots.

INTERDICTION
INTERDIT
……………………………

GRANDEUR
GRAND
……………………………

……………………………
TRANSPORTABLE
TRANSPORTER

RICHESSE
……………………………
ENRICHIR

Trouve l'intrus parmi ces mots :
habiter, habit, habillage, déshabiller.
Indice 2 : _ _ _ _ _ _ _ _ _ _ .

Jeu de barreaux

ÉNIGME 5

Pour passer le temps en espérant que l'un de ses copains vienne le sortir d'affaire, Razzia propose des jeux à ses compagnons de cellule. Il leur a concocté une grille de mots à barrer un peu originale.

Trouve tous les adjectifs au féminin pluriel présents dans cette grille horizontalement, verticalement ou en diagonale.

M	P	L	U	F	A	T	I	G	U	É	E	S	D	T
X	E	P	E	U	R	E	U	X	G	D	Q	G	O	D
O	X	R	A	E	A	S	F	P	E	E	F	R	R	É
R	D	I	V	J	X	O	J	E	N	U	I	A	M	L
A	I	D	É	E	U	C	Y	N	T	X	L	N	I	I
N	F	E	P	F	I	T	E	S	I	J	L	D	R	C
G	F	A	U	R	C	L	T	L	L	J	E	E	G	I
É	É	J	I	O	U	K	L	K	L	T	K	S	O	E
E	R	O	S	I	O	T	Q	E	X	E	Q	F	U	U
S	E	L	É	D	L	J	Q	Q	U	Q	N	Q	T	S
B	N	I	E	E	V	I	E	I	L	S	Q	T	T	E
O	T	E	S	S	N	O	I	R	Q	O	E	F	E	S
I	E	S	N	E	U	V	E	S	K	F	O	S	F	S
S	S	X	M	É	C	H	A	N	T	E	S	C	R	S

Combien en as-tu trouvé ?
Indice 3 : _ _ .

L'heure du repas

ÉNIGME 5

C'est l'heure du repas ! Les geôliers ont décidé d'être sympas. Razzia va se régaler, mais il ne sait pas encore par quelle part de tarte commencer.

Écris les fractions correspondant aux parties colorées.

Comment s'appelle le nombre en bas d'une fraction ?

Indice 4 : le _ _ _ o _ _ _ _ _ _ _ _ _ _ .

Le message

ÉNIGME 5

Quelqu'un glisse un message à Razzia sous la porte, mais il est truffé d'erreurs.

Complète les verbes avec -é ou -er.

J'AI CHERCH.......... À TE JOINDRE !
JE T'AI APPEL.......... J'AI CRI..........
ET TU NE M'AS PAS RÉPONDU.
J'ESPÈRE QUE TES AMIS VONT VENIR
TE DÉLIVR.......... MAIS EN ATTENDANT,
TU DOIS TE CALM.......... . J'AIMERAIS
MOI AUSSI POUVOIR PULVÉRIS..........
CETTE PORTE. J'AI ESSAY.......... DE
TROUV.......... UN MOYEN DE SORTIR
DE LÀ, MAIS JE N'AI PAS ENCORE
RÉUSSI. VEUX-TU M'AID.......... ?
SI TU Y ARRIVES, TU VIENDRAS
ME CHERCH.......... ?

Quel temps est employé dans la première phrase ?

Indice 5 : le _ _ _ _ _   _ _ _ _ _ _ _ _ _ .

L'évasion

ÉNIGME 5

Ça y est, la mémoire de Razzia revient peu à peu !
Il se souvient avoir mangé dans une auberge… et ne pas avoir eu assez d'argent pour payer… Du coup, il s'est fait enfermer ici, dans une prison de Matasa. Franchement, il allait le rendre cet argent, il ne faut pas emprisonner les gens pour si peu !

Complète les indices pour aider Razzia à déverrouiller le cadenas et à sortir de sa cellule.

Indice 1

LA POSITION DE LA 5^{E} LETTRE DE L'INDICE QUAND TU RÉCITES L'ALPHABET

Indice 2

LA POSITION DE LA 3^{E} LETTRE DE L'INDICE QUAND TU RÉCITES L'ALPHABET

Indice 3

LE 1ER CHIFFRE DE L'INDICE

Indice 4

LA POSITION DE LA 2^{E} LETTRE DE L'INDICE QUAND TU RÉCITES L'ALPHABET

Indice 5

LA POSITION DE LA 2^{E} LETTRE DE L'INDICE QUAND TU RÉCITES L'ALPHABET

LE CODE DU CADENAS EST :
_ _ _ _ _ .

Ouf ! Razzia est un homme libre ! Il va tout de suite payer ses dettes à l'aubergiste et il pourra poursuivre l'aventure !

Le pardon de Ténébris à Alysia

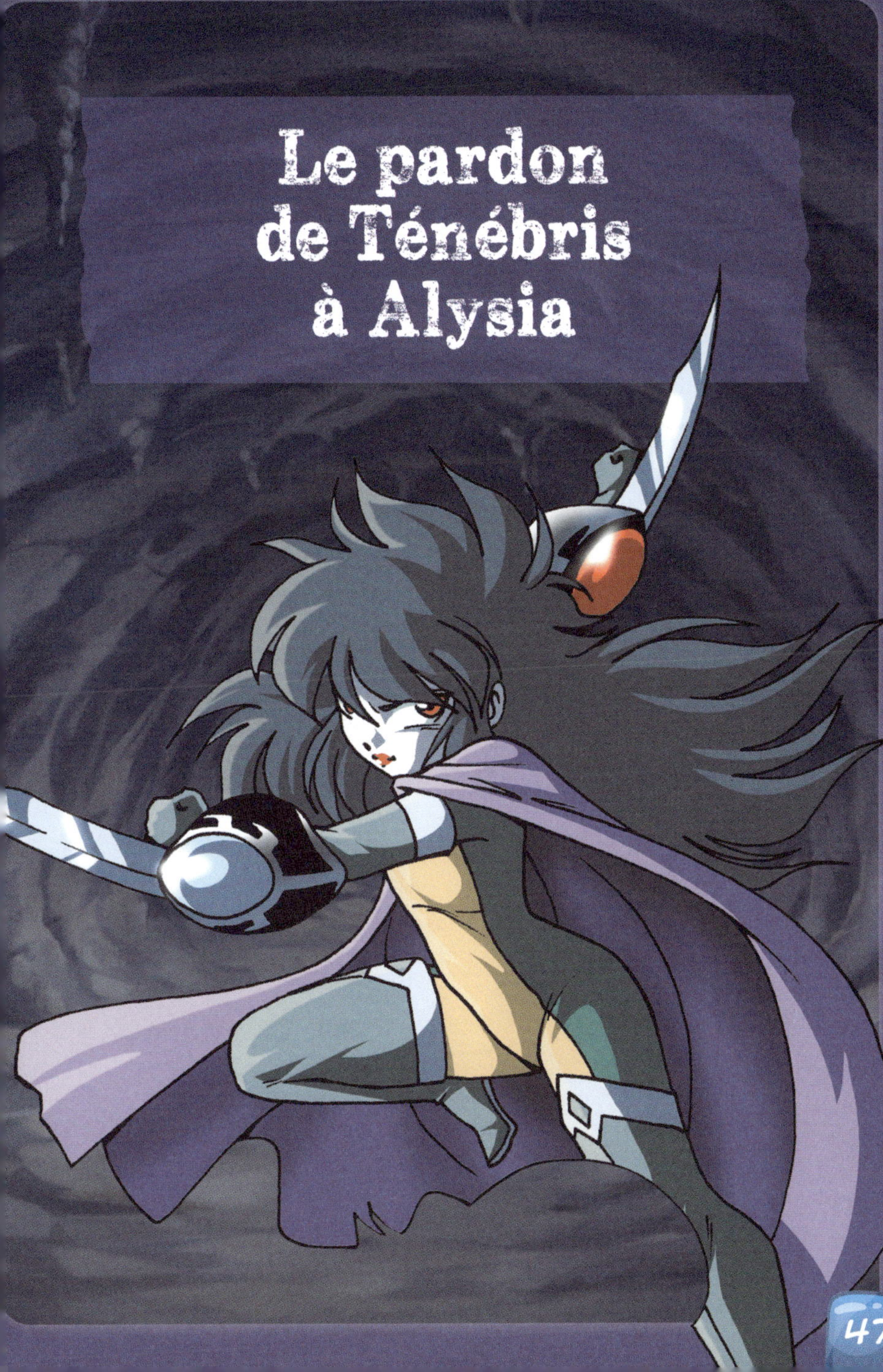

Le pardon de Ténébris à Alysia

Anciennement ennemie jurée des Légendaires, Ténébris est ravie de faire désormais partie de leurs folles aventures. Mais elle doit quand même prouver à ses amis sa bonne foi, sa loyauté et son courage. Ce n'est pas tous les jours facile, et une nouvelle mission l'attend.

TÉNÉBRIS VEUT SE FAIRE PARDONNER DE SES CRIMES PASSÉS ENVERS LES PEUPLES D'ALYSIA. POUR CELA, ELLE SE REND À LA RENCONTRE DES HABITANTS...

Le bon mot

ÉNIGME 6

Avant de démarrer, Ténébris connaît-elle bien l'univers des Légendaires ?

Observe et prononce les noms de personnages et de lieux ci-dessous. Ils sont inspirés de noms communs, trouve-les et orthographie-les correctement. Aide-toi d'un dictionnaire si besoin.

GRYFENFER → GRIFFES EN FER

KORBO → ……………………………………

KLAFOOTY → ……………………………………

ZAR-IKOS → ……………………………………

NODCOKO → ……………………………………

TOOPIE → ……………………………………

FOHL-KLOR → ……………………………………

SABLEDORAY → ……………………………………

KEL-MATHU → ……………………………………

KASH-KASH → ……………………………………

Dans un dictionnaire, que signifie l'abréviation *adv.* ?

Indice 1 : _ _ _ _ _ _ _ _ _ .

La lettre

ÉNIGME 6

Ténébris commence son voyage vers Oroban, la capitale du royaume de Larbos, où elle compte rencontrer le roi Larbosa. Même s'il est compétent et aimé de ses habitants, le roi est assez froid. Il préfère donner une lettre à Ténébris plutôt que de lui parler.

Aide-la à comprendre ce qu'il a vraiment voulu lui dire en barrant les phrases à la forme interrogative, celles à la forme exclamative et celles à la forme négative.

~~COMME TU ES DRÔLE AVEC TA TENUE !~~ JE SUIS RAVI DE TE VOIR ICI, TÉNÉBRIS. MAIS QUE VIENS-TU DONC FAIRE ICI ? TU AS PRIS TON COURAGE À DEUX MAINS ET C'EST TRÈS BIEN. JE NE PENSE PAS QUE TU DISES LA VÉRITÉ. JE COMPRENDS QUE TU TE SENTES FÉBRILE COMPTE TENU DE TOUT LE MAL QUE TU AS FAIT. TU N'ES PAS UNE BONNE PERSONNE. TU PEUX PARTIR SEREINE, JE TE PARDONNE. TU T'ES PERDUE OU QUOI ? JE NE PENSAIS PAS QUE TU VIENDRAIS. TU DEVRAIS PARTIR MAINTENANT, SUR-LE-CHAMP !

Combien reste-t-il de phrases ?
Indice 2 : __ .

Le bon chemin

ÉNIGME 6

Ténébris quitte Larbosa le cœur léger. Après un bref passage chez les Jaguarians, elle se rend à présent vers les montagnes de Lovinah. Mais par où doit-elle passer ?

Classe ces angles du plus petit au plus grand.

2 < ...... < ......

< ...... < ...... < ......

< ...... < ......

Quel chemin Ténébris va-t-elle suivre, sachant qu'elle opte pour celui qui a le plus grand angle ?

Indice 3 : __ .

La montagne

ÉNIGME 6

Ténébris atterrit tout en haut d'une montagne de Lovinah. Il fait très froid et la neige recouvre tout de son épais manteau.

Aide Ténébris à redonner leur nom à toutes les formes qu'elle distingue en reliant chacune d'elles à son nom.

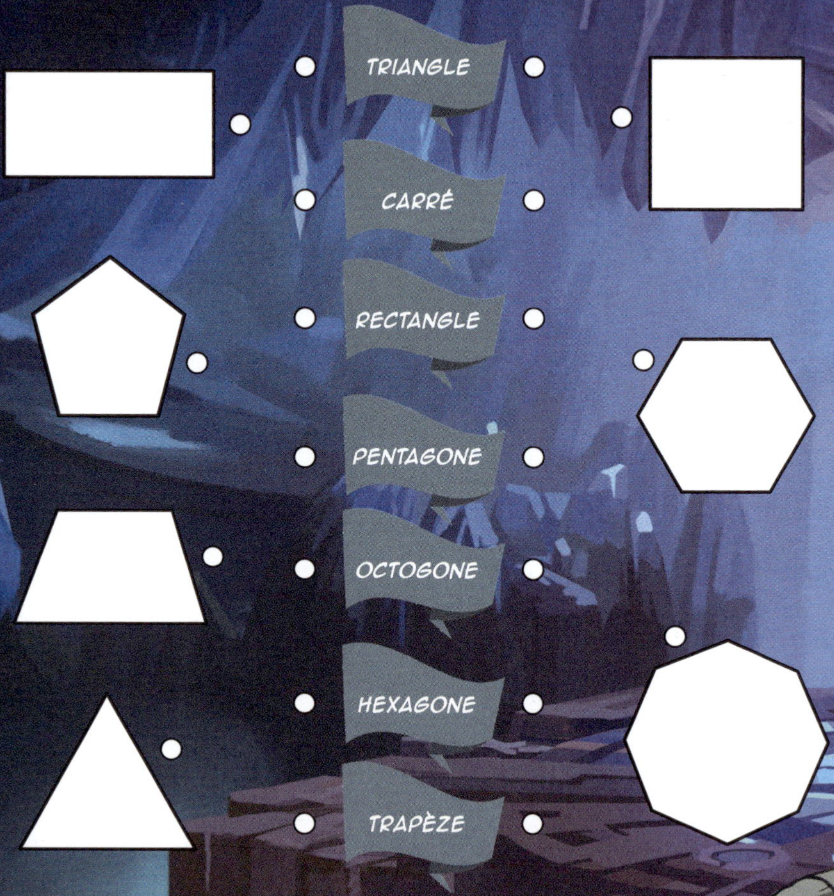

Combien comptes-tu de quadrilatères ?
Indice 4 : __ .

Le château

ÉNIGME 6

La Légendaire atteint son but ! Après avoir demandé pardon aux Ouistitas et aux Orchidiens, sa dernière mission consiste à enfermer Darkhell à tout jamais. Mais elle doit pour cela se rendre au château de Casthell !

Encadre les nombres des différents châteaux par deux multiples successifs, comme sur l'exemple.

$3 \times 3 < 11 < 3 \times 4$

$4 \times \ldots < 26 < 4 \times \ldots$

$7 \times \ldots < 47 < 7 \times \ldots$

$6 \times \ldots < 31 < 6 \times \ldots$

$8 \times \ldots < 67 < 8 \times \ldots$

$2 \times \ldots < 23 < 2 \times \ldots$

$9 \times \ldots < 82 < 9 \times \ldots$

Quel est le plus grand nombre que tu as écrit ?
Indice 5 : __ __ .

Le Sorcier Noir

ÉNIGME 6

Félicitations. Grâce à toi, Ténébris a réussi à se faire pardonner auprès du peuple d'Alysia. Il ne lui reste plus qu'à enfermer Darkhell à tout jamais dans une cage renforcée. Mais avant de crier victoire, il te faut réunir tes indices... et tu n'as pas le droit à l'erreur !

Complète les indices et tu connaîtras alors le code pour enfermer le Sorcier Noir !

Indice 1

LA POSITION DE LA 4^{E} LETTRE DE L'INDICE QUAND TU RÉCITES L'ALPHABET

Indice 2

LE DOUBLE DE L'INDICE

Indice 3

L'INDICE

Indice 4

LE TRIPLE DE L'INDICE

Indice 5

L'INDICE DIVISÉ PAR 2

LE CODE EST : _ _ _ _ _ .

Merci pour ton aide. Tes aventures continuent !

Les cinq étoiles magiques

Les cinq étoiles magiques

Danaël, Razzia, Gryf, Jadina et Shimy ont relevé l'un après l'autre leurs missions haut la main. Les Légendaires ont besoin de toi une dernière fois. Une carte dessinée par les anciens leur indique l'emplacement de cinq étoiles magiques.

POUR ÉVITER QU'ELLES NE TOMBENT ENTRE LES GRIFFES DES FORCES DU MAL, ILS DEVRONT RÉSOUDRE CHACUN UNE ÉNIGME POUR RÉCUPÉRER UNE ÉTOILE. À TOI DE LES AIDER…

L'étoile bleue

ÉNIGME 7

Danaël est chargé de récupérer l'étoile bleue. Cette étoile est le symbole de l'honneur.

Si Danaël parvient à retrouver tous les verbes à l'infinitif, il obtient l'étoile bleue.

LES ANCIENS DÉTIENNENT LA CARTE SECRÈTE.
DÉTENIR

TU DOIS LA TROUVER.
....

LES MONSTRES DU MAL ENGLOUTISSENT LES TRÉSORS.
....

NE PERDS PAS DE TEMPS,
....

SI TU SAIS OÙ LE TRÉSOR SE CACHE.
....

JE SUIS HEUREUX.
....

TU MÉRITES DE RÉUSSIR.
....

JE TE DÉLIVRE CETTE PIERRE VERTE.
....

FAIS-EN BON USAGE, LÉGENDAIRE.
....

ON COMPTE SUR VOUS
....

POUR RÉUSSIR LA MISSION !

L'étoile orange

ÉNIGME 7

Razzia doit s'occuper de l'étoile orange. Cette étoile est le symbole de la force.

Si Razzia réussit à trouver si ces phrases sont au présent, à l'imparfait, au passé composé ou au futur, il obtient l'étoile orange.

ARTÉMUS ÉCRIVAIT DANS SON JOURNAL. → ....

DANAËL EST ENVOÛTÉ À CAUSE DE SON AURÉOLE. → ....

UN SORTILÈGE A TOUCHÉ ALYSIA. → ....

LA PIERRE DE CRESCIA PERMETTRA DE RÉTABLIR ALYSIA. → ....

ÉLYSIO A CRÉÉ DES FLEURS GÉANTES. → ....

ÉLYSIO A LE VERTIGE. → ....

LE BOOFANKOR AURA ENCORE FAIM. → ....

SKROA CONÇOIT LES GOLEMS À PARTIR DE SES PLUMES. → ....

LA RÈGLE D'OR DES LÉGENDAIRES EST DE TOUJOURS AGIR EN ÉQUIPE. → ....

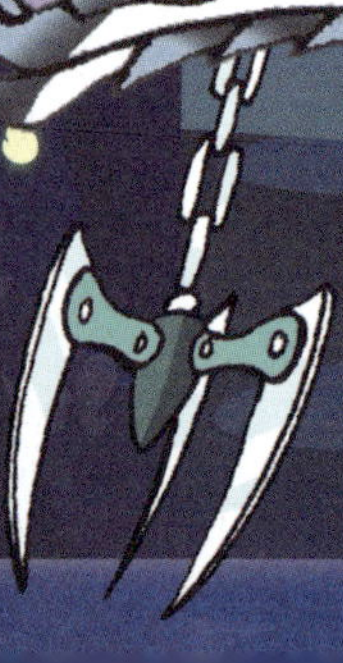

L'étoile rouge

ÉNIGME 7

Gryf doit mettre la main sur l'étoile rouge. Cette étoile est le symbole du courage.

Si Gryf parvient à mettre la main sur tous les préfixes et suffixes, il obtient l'étoile rouge. Souligne les préfixes en vert et les suffixes en rouge.

INSUPPORTABLE

TRIANGLE

CINÉPHILE

DÉCOMMANDER

PRÉHISTOIRE

TRANSPORTEUR

RENARDEAU

INTERNATIONAL

GRANDEMENT

CHEMISETTE

HABITABLE

L'étoile verte

ÉNIGME 7

Jadina a pour mission de trouver l'étoile verte.
Cette étoile est le symbole de l'intelligence.

Si Jadina parvient à relier les pronoms aux bons verbes sans se tromper, elle obtient l'étoile verte.

J' •	• DÉFAIS
TU •	• APPRENDS
IL •	• PEUT
NOUS •	• VONT
VOUS •	• FAITES
ILS •	• VOYONS

L'étoile bleu foncé

ÉNIGME 7

Shimy n'a plus qu'à trouver l'étoile bleu foncé.
Cette étoile est le symbole de la pureté.

Si Shimy parvient à compléter toutes les cases, elle obtient l'étoile bleu foncé.

LE RENAR ☐	LE RETAR ☐
LE TRICO ☐	L'UNIVER ☐
LE SAU ☐	L'ARRÊ ☐
LE TAPI ☐	FROI ☐
LE REBON ☐	BLON ☐
URGEN ☐	LE COMBA ☐
ABSEN ☐	LE PLACAR ☐

Les cinq étoiles

ÉNIGME 7

Les Légendaires ont réuni les cinq étoiles magiques.
Ils doivent à présent les disposer dans le coffre magique.

Colorie de la bonne couleur chaque étoile en fonction de son pouvoir.

HONNEUR

PURETÉ

COURAGE

FORCE

INTELLIGENCE

Merci pour ton aide incroyable
dans ces aventures fantastiques !

SOLUTIONS

ÉNIGME 1

L'ascension P. 9

Quand deux droites se coupent à angle droit, elles sont…
Indice 1 : perpendiculaires.

Les énigmes P. 10

NOUS SOMMES 11 GALINAS ET NOUS FAISONS 3 REPAS PAR JOUR. COMBIEN DE REPAS MANGEONS-NOUS EN TOUT ?

11 X 3 = 33

NOUS SOMMES TOUJOURS 11 GALINAS AVEC 11 CAPES CHACUN. COMBIEN COMPTES-TU DE CAPES EN TOUT ?

11 X 11 = 121

UN GALINA POSSÈDE 2 AILES QUI COMPORTENT 819 PLUMES CHACUNE. COMBIEN UN GALINA COMPTE-T-IL DE PLUMES SUR SES DEUX AILES ?

2 X 819 = 1 638

Écris le deuxième résultat que tu as trouvé en lettres.
Indice 2 : cent-vingt-et-un.

Le bon chemin P. 11

410 × 4 = 1640

400 ÷ 2 = 200

200 − 125 = 75

347 + 22 = 369

877 − 75 = 802

780 + 220 = 1000

Le bon chemin est celui où tu as complété le nombre en jaune. Quel est ce nombre ?
Indice 3 : **75**.

La course-poursuite P. 12

78 - 68 - 34 - 25 - 37
70
10 - 130
390 - 39 - 30 - 240
120
999 - 909 - 600

Quel nombre final as-tu trouvé ?
Indice 4 : 999.

La recette mystère P. 13

Quelle est la nature des mots que tu as complétés ? Ce sont des :
Indice 5 : adjectifs.

UNE VIEILLE MÈCHE
UNE ANCIENNE PEAU
DE NOUVELLES SOURIS
UNE COLLE BLANCHE
UNE POMME NEUVE
UNE CORDE RÉGULIÈRE
DE BELLES POIRES

La formule magique P. 14

Indice 1
3E LETTRE DANS L'ALPHABET AVANT LA 1RE LETTRE DE L'INDICE
M

Indice 3
QUAND TU RÉCITES L'ALPHABET, LA LETTRE CORRESPONDANT AU 1ER CHIFFRE DE L'INDICE
G

Indice 5
LA 4E LETTRE DE L'INDICE
E

Indice 2
2E LETTRE DANS L'ALPHABET AVANT LA 1RE LETTRE DE L'INDICE
A

Indice 4
QUAND TU RÉCITES L'ALPHABET, LA LETTRE CORRESPONDANT AU 1ER CHIFFRE DE L'INDICE
I

La formule magique est :
MAGIE.

ÉNIGME 2

Les niveaux de langue P. 17

Combien existe-t-il de niveaux de langue ?
Indice 1 : 3. Le langage familier, le langage courant et le langage soutenu.

Les monstres P. 18

1 789 – 56 = 1 733 kg

2 354 – 956 = 1 398 kg

4 580 – 2 467 = 2 113 kg

3 465 – 2 002 = 1 463 kg

6 579 – 5 432 = 1 147 kg

2 234 – 870 = 1 364 kg

Combien pèse le monstre qui va laisser passer Jadina ?
Indice 2 : 2 113 kg.

Le nombre magique P. 19

8	29	38	23
35	17	2	44
14	32	47	5
41	20	11	26

Quel est le nombre magique ?
Indice 3 : 98.

La tour P. 20

PÉRIMÈTRE DE LA TOUR 1 :
7 + 7 + 4 + 4 = 22
PÉRIMÈTRE DE LA TOUR 2 :
8 + 8 + 2 + 2 = 20
PÉRIMÈTRE DE LA TOUR 3 :
6 + 6 + 9 + 9 = 30
PÉRIMÈTRE DE LA TOUR 4 :
3 + 3 + 12 + 12 = 30
PÉRIMÈTRE DE LA TOUR 5 :
5 + 5 + 14 + 14 = 38
PÉRIMÈTRE DE LA TOUR 6 :
8 + 8 + 13 + 13 = 42

Dans quelle tour Jadina doit-elle se rendre ?
Indice 4 : la tour n° 5.

Le grand mage bleu P. 21

MA CHÈRE JADINA,
JE SAVAIS QUE TU PARVIENDRAIS JUSQU'À MOI. JE JETAIS CE SORT AUX MEILLEURS ELFES POUR VOIR DE QUOI ILS ÉTAIENT CAPABLES. TU DEVENAIS FOLLE À FORCE DE NE PAS RÉUSSIR À FAIRE FONCTIONNER LUZARIA. TU TOURNAIS EN ROND À FORCE DE NE PAS TROUVER DE SOLUTION. TES AMIS ÉTAIENT PATIENTS MAIS VOYAIENT BIEN QUE ÇA N'ALLAIT PAS. SHIMY TE CRIAIT DESSUS MAIS RASSURE-TOI, JE VAIS T'AIDER, MAINTENANT !

L'imparfait est un temps du : 1) présent ; 2) passé ; 3) futur.
Indice 5 : 2.

La pouvoir magique P. 22

Indice	Consigne	Réponse
Indice 1	L'INDICE	3
Indice 2	LE CHIFFRE DES DIZAINES DE L'INDICE	1
Indice 3	LE CHIFFRE DES UNITÉS DE L'INDICE	8
Indice 4	L'INDICE	5
Indice 5	LE DOUBLE DE L'INDICE	4

Le code magique est : 31 854.

Les proportions P. 25

	1	2	5	10
KEBAB AU GIRAWA	2 KISHUS	4 KISHUS	10 KISHUS	20 KISHUS
PACK DE BOUTEILLES DE RICOLES	500 KISHUS	1 000 KISHUS	2500 KISHUS	5 000 KISHUS
SACHET DE BONBONS CHARIBO	10 KISHUS	20 KISHUS	50 KISHUS	100 KISHUS

Quel est le plus grand nombre du tableau ?
Indice 1 : 5 000.

Le souvenir P. 26

J'AI ÉTÉ UN ESCLAVE. JE SUIS ARRIVÉ DANS L'ARÈNE ET J'AI TROUVÉ ÇA DIFFICILE. NOUS SOMMES ALLÉS NOUS ENTRAÎNER TOUS LES JOURS, DUREMENT. LES DRESSEURS ONT GAGNÉ LEUR PARI. ILS ONT VU NOTRE SOUFFRANCE. J'AI PRIS MON COURAGE À DEUX MAINS. J'AI RÉUSSI À M'ENFUIR !

Le passé composé se forme avec un auxiliaire et le participe passé du verbe. Combien existe-t-il d'auxiliaires ?
Indice 2 : 2 (être et avoir).

Les dresseurs de monslaves P. 27

Écris le nombre 8 123 en lettres.
Indice 3 : huit-mille-cent-vingt-trois.

8 123 X 3 = 24 369 KISHUS
8 123 X 12 = 97 476 KISHUS
8 123 X 32 = 259 936 KISHUS

ÉNIGME 3

À la poursuite de Gryfenfer

P. 28

GRYF :
1 200 mm = 1,2 m

ÉLEVEUR 2 :
70 dm = 7 m

ÉLEVEUR 1 :
6 500 cm = 65 m

ÉLEVEUR 3 :
1 km = 1 000 m

ÉLEVEUR 4 :
37 dam = 370 m

Quelle est la plus grande distance parcourue en mètres ?
Indice 4 : 1 000.

Les jumeaux

P. 29

QUEL BRUIT !
TU ES MON FRÈRE, MAIS TU ES AUSSI MON COPAIN.
JE SUIS HEUREUX DE TE VOIR.
ON PEUT ENCORE DISCUTER, MAIS IL FAUT Y ALLER. ALLEZ, IL NE NOUS RESTE PLUS QU'À ESCALADER CE ROCHER.

Trouve un synonyme du mot familier « bouquiner ».
Indice 5 : lire.

La code secret

P. 30

Indice 1
LE 1ER CHIFFRE DE L'INDICE
5

Indice 3
LA POSITION DE LA 1RE LETTRE DE L'INDICE QUAND TU RÉCITES L'ALPHABET
8

Indice 5
LA POSITION DE LA 2^{E} LETTRE DE L'INDICE QUAND TU RÉCITES L'ALPHABET
9

Indice 2
LE TRIPLE DE L'INDICE
6

Indice 4
LE 1ER CHIFFRE DE L'INDICE
1

Le code secret est :
56819.

ÉNIGME 4

Le grand voyage

P. 33

Complète avec le mot manquant.
Indice 1 : 3 heures = 180 minutes.

HEURE DE DÉPART		HEURE D'ARRIVÉE
8 H 23	→	10 H 50
11 H 12	→	13 H 39
13 H 49	→	16 H 16
16 H 50	→	19 H 17

La plage

P. 34

AUJOURD'HUI,
LA MER EST AGITÉE.
LE PÊCHEUR A ATTRAPÉ UN
CRABE ET UNE ÉCREVISSE.
MAIS OÙ AI-JE MIS CETTE CLÉ ?
JE VAIS ALLER VOIR PRÈS
DES ROCHERS OU
AU PIED DES VAGUES.
LES BATEAUX À VOILES
SONT DE SORTIE.

Comment appelle-t-on ces mots qui se prononcent pareil mais ne s'écrivent pas de la même façon ?
Indice 2 : des homophones.

Le plan

P. 35

Avec quelle lettre nomme-t-on habituellement l'axe de symétrie ?
Indice 3 : d.

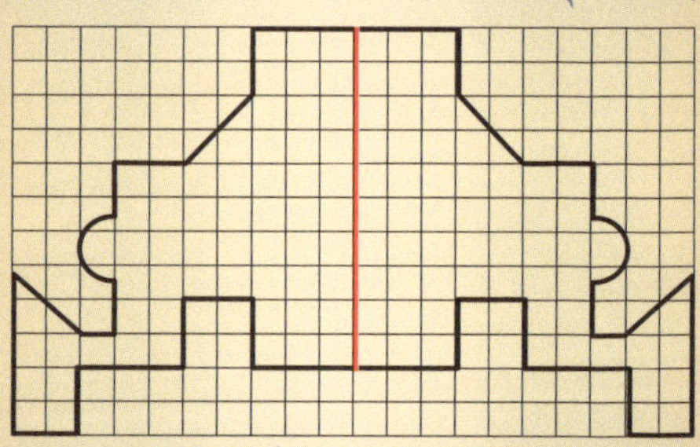

ÉNIGME 4

Là-haut P. 36

Écris le nombre du rez-de-chaussée en lettres.
Indice 4 : deux-cent-quatorze-mille-sept-cent-soixante-cinq.

Les contraires P. 37

On peut dire que « bon » et « mauvais » sont des contraires. On les appelle aussi des…
Indice 5 : antonymes.

AH, AH ! MA PAUVRE SHIMY, TU M'AS TROUVÉ ! J'AI VOULU M'AMUSER AVEC TOI ET TESTER TES CAPACITÉS DE CONCENTRATION, DE DÉDUCTION ET SURTOUT DE PATIENCE. BIEN JOUÉ, TU AS SU SURMONTER LES PIÈGES ET TU ES PARVENUE PRÈS DE MOI. JE SAIS QUE CE N'ÉTAIT PAS FACILE ET QUE TU AS DÛ ÊTRE TRÈS MALHEUREUSE SANS TA CLÉ. IL EST TEMPS POUR MOI D'ARRÊTER LA LOURDE PLAISANTERIE ET DE TE RENDRE CE QUI T'APPARTIENT. TIENS, PRENDS-LA. ELLE EST À TOI !

Le mot magique P. 38

Indice 1	Indice 3	Indice 5
1RE LETTRE DE L'INDICE	L'INDICE	DERNIÈRE LETTRE DE L'INDICE
M	D	S

Indice 2	Indice 4
2E LETTRE DE L'INDICE	2E LETTRE DE L'INDICE
O	E

Le mot magique est : MODES.

La prison P. 41

436 : 4 = 109
872 : 8 = 109
CAR 800 : 8 = 100 ET 72 : 8 = 9
981 : 9 = 109
CAR 900 : 9 = 100 ET 81 : 9 = 9
540 : 5 = 108
CAR 500 : 5 = 100 ET 40 : 5 = 8

Dans une division, comment appelle-t-on le résultat ?
Indice 1 : le quotient.

La famille P. 42

INTERDICTION
INTERDIT
INTERDIRE

RICHESSE
RICHE
ENRICHIR

GRANDEUR
GRAND
GRANDIR

TRANSPORT
TRANSPORTABLE
TRANSPORTER

Trouve l'intrus parmi ces mots : habiter, habit, habillage, déshabiller.
Indice 2 : habiter.

Jeu de barreaux P. 43

M	P	L	U	F	A	T	I	G	U	É	E	S	D	T
X	E	P	E	U	R	E	U	X	G	D	Q	G	O	D
O	X	R	A	E	A	S	F	P	E	E	F	R	R	É
R	D	I	V	J	X	O	J	E	N	U	I	A	M	L
A	I	D	É	E	U	C	Y	N	T	X	L	N	I	I
N	F	E	P	F	I	T	E	S	I	J	L	D	R	C
G	F	A	U	R	C	L	T	L	L	J	E	E	G	I
É	É	J	I	O	U	K	L	K	L	T	K	S	O	E
E	R	O	S	I	O	T	Q	E	X	E	Q	F	U	U
S	E	L	É	D	L	J	Q	Q	U	Q	N	Q	T	S
B	N	I	E	E	V	I	E	I	L	S	Q	T	T	E
O	T	E	S	S	N	O	I	R	Q	O	E	F	E	S
I	E	S	N	E	U	V	E	S	K	F	O	S	F	S
S	S	X	M	É	C	H	A	N	T	E	S	C	R	S

Combien en as-tu trouvés ?
Indice 3 : 12.

ÉNIGME 5

L'heure du repas P. 44

Comment s'appelle le nombre en bas d'une fraction ?
Indice 4 : le dénominateur.

Le message P. 45

J'AI CHERCHÉ À TE JOINDRE !
JE T'AI APPELÉ, J'AI CRIÉ ET
TU NE M'AS PAS RÉPONDU.
J'ESPÈRE QUE TES AMIS VONT
VENIR TE DÉLIVRER MAIS EN
ATTENDANT, TU DOIS TE CALMER.
J'AIMERAIS MOI AUSSI POUVOIR
PULVÉRISER CETTE PORTE.
J'AI ESSAYÉ DE TROUVER UN MOYEN
DE SORTIR DE LÀ, MAIS JE N'AI
PAS ENCORE RÉUSSI. VEUX-TU
M'AIDER ? SI TU Y ARRIVES, TU
VIENDRAS ME CHERCHER ?

Quel temps est employé dans la première phrase ?
Indice 5 : le passé composé.

L'évasion P. 46

Indice 1
LA POSITION DE LA 5E LETTRE DE L'INDICE QUAND TU RÉCITES L'ALPHABET
9

Indice 2
LA POSITION DE LA 3E LETTRE DE L'INDICE QUAND TU RÉCITES L'ALPHABET
2

Indice 3
LE 1ER CHIFFRE DE L'INDICE
1

Indice 4
LA POSITION DE LA 2E LETTRE DE L'INDICE QUAND TU RÉCITES L'ALPHABET
5

Indice 5
LA POSITION DE LA 2E LETTRE DE L'INDICE QUAND TU RÉCITES L'ALPHABET
1

Le code du cadenas est :
92 151.

Le bon mot P. 49

Dans un dictionnaire, que signifie l'abréviation ***adv.*** ?
Indice 1 : adverbe.

KORBO → CORBEAU
KLAFOOTY → CLAFOUTIS
ZAR-IKOS → HARICOTS
NODCOKO → NOIX DE COCO
TOOPIE → TOUPIE
FOHL-KLOR → FOLKLORE
SABLEDORAY → SABLE DORÉ
KEL-MATHU → QUEL MATOU
KASH-KASH → CACHE-CACHE

La lettre P. 50

~~COMME TU ES DRÔLE AVEC TA TENUE !~~
JE SUIS RAVI DE TE VOIR ICI, TÉNÉBRIS. ~~MAIS QUE VIENS-TU DONC FAIRE ICI ?~~ TU AS PRIS TON COURAGE À DEUX MAINS ET C'EST TRÈS BIEN.
~~JE NE PENSE PAS QUE TU DISES LA VÉRITÉ.~~
JE COMPRENDS QUE TU TE SENTES FÉBRILE COMPTE TENU DE TOUT LE MAL QUE TU AS FAIT.
~~TU N'ES PAS UNE BONNE PERSONNE.~~ TU PEUX PARTIR SEREINE, JE TE PARDONNE.
~~TU T'ES PERDUE OU QUOI ? JE NE PENSAIS PAS QUE TU VIENDRAIS. TU DEVRAIS PARTIR MAINTENANT, SUR-LE-CHAMP !~~

Combien reste-t-il de phrases ?
Indice 2 : 4.

Le bon chemin P. 51

2 < 4 < 5 < 8 < 7 < 6 < 3 < 1

Quel chemin Ténébris va-t-elle suivre, sachant qu'elle opte pour celui qui a le plus grand angle ?
Indice 3 : 1.

La montagne P. 52

RECTANGLE

CARRÉ

TRIANGLE

PENTAGONE

HEXAGONE

TRAPÈZE

OCTOGONE

Combien comptes-tu de quadrilatères ?
Indice 4 : 3.

Le château P. 53

4 X 6 < 26 < 4 X 7

7 X 6 < 47 < 7 X 7

6 X 5 < 31 < 6 X 6

8 X 8 < 67 < 8 X 9

2 X 11 < 23 < 2 X 12

9 X 9 < 82 < 9 X 10

Quel est le plus grand nombre que tu as écrit ?
Indice 5 : 12.

Le Sorcier Noir P. 54

Indice 1
LA POSITION DE LA 4E LETTRE DE L'INDICE QUAND TU RÉCITES L'ALPHABET
5

Indice 2
LE DOUBLE DE L'INDICE
8

Indice 3
L'INDICE
1

Indice 4
LE TRIPLE DE L'INDICE
9

Indice 5
L'INDICE DIVISÉ PAR 2
6

Le code est :
58 196.

ÉNIGME 7

L'étoile bleue P. 57

LES ANCIENS DÉTIENNENT (DÉTENIR)
LA CARTE SECRÈTE.
TU DOIS (DEVOIR) LA TROUVER.
LES MONSTRES DU MAL
ENGLOUTISSENT (ENGLOUTIR)
LES TRÉSORS.
NE PERDS (PERDRE) PAS DE TEMPS.
SI TU SAIS (SAVOIR) OÙ LE TRÉSOR
SE CACHE (SE CACHER),
JE SUIS (ÊTRE) HEUREUX.
TU MÉRITES (MÉRITER) DE RÉUSSIR.
JE TE DÉLIVRE (DÉLIVRER)
CETTE PIERRE VERTE.
FAIS-EN (FAIRE)
BON USAGE, LÉGENDAIRE.
ON COMPTE (COMPTER) SUR VOUS
POUR RÉUSSIR LA MISSION !

L'étoile orange P. 58

ARTÉMUS ÉCRIVAIT DANS SON JOURNAL. → IMPARFAIT
DANAËL EST ENVOÛTÉ À CAUSE DE SON AURÉOLE. → PASSÉ COMPOSÉ
UN SORTILÈGE A TOUCHÉ ALYSIA. → PASSÉ COMPOSÉ
LA PIERRE DE CRESCIA PERMETTRA DE RÉTABLIR ALYSIA. → FUTUR
ÉLYSIO A CRÉÉ DES FLEURS GÉANTES. → PASSÉ COMPOSÉ
ÉLYSIO A LE VERTIGE. → PRÉSENT
LE BOOFANKOR AURA ENCORE FAIM. → FUTUR
SKROA CONÇOIT LES GOLEMS À PARTIR DE SES PLUMES. → PRÉSENT
LA RÈGLE D'OR DES LÉGENDAIRES EST DE TOUJOURS AGIR EN ÉQUIPE. → PRÉSENT

L'étoile rouge P. 59

INSUPPORTABLE
TRIANGLE
CINÉPHILE
DÉCOMMANDER
PRÉHISTOIRE
TRANSPORTEUR
RENARDEAU
INTERNATIONAL
GRANDEMENT
CHEMISETTE
HABITABLE

L'étoile verte P. 60

J'	APPRENDS
TU	DÉFAIS
IL	PEUT
NOUS	VOYONS
VOUS	FAITES
ILS	VONT

L'étoile bleu foncé P. 61

LE RENARD	LE RETARD
LE TRICOT	L'UNIVERS
LE SAUT	L'ARRÊT
LE TAPIS	FROID
LE REBOND	BLOND
URGENT	LE COMBAT
ABSENT	LE PLACARD

Les cinq étoiles P. 62

FÉLICITATIONS !
TU AS UTILISÉ TES CONNAISSANCES ET TU T'ES CREUSÉ LES MÉNINGES POUR MENER À BIEN LES 7 ÉNIGMES, EN RÉCOLTANT TOUS LES INDICES. LES LÉGENDAIRES TE REMERCIENT CHALEUREUSEMENT DE TON AIDE !
CES AVENTURES ONT PROUVÉ TA VALEUR. TU ES DIGNE DE DEVENIR, À TON TOUR, UN(E) LÉGENDAIRE !

Imprimé en Espagne par EGEDSA

Dépôt légal : février 2021 - 327642/01

N° de projet : 11046082 - avril 2021

PAPIER À BASE DE FIBRES CERTIFIÉES

LAROUSSE s'engage pour l'environnement en réduisant l'empreinte carbone de ses livres. Celle de cet exemplaire est de : 700 g éq. CO_2 Rendez-vous sur www.larousse-durable.fr